28 FEVR. 1867

33. V

Vente le Jeudi 28 Février 1867

[Ragu]

# TABLEAUX ANCIENS

# ET MODERNES

## OBJETS D'ART & DE CURIOSITÉ

Exposition publique le Mercredi 27 Février

Mᵉ CHARLES PILLET, commissaire-priseur | M. FEBVRE, expert

1867

# CATALOGUE

DE

# TABLEAUX ANCIENS

DE DIVERSES ÉCOLES

## TABLEAUX MODERNES

Parmi lesquels quelques-uns de l'École anglaise

## OBJETS D'ART & DE CURIOSITÉ

DONT LA VENTE AUX ENCHÈRES PUBLIQUES AURA LIEU

HOTEL DROUOT, SALLE N° 5

**Le Jeudi 28 Février 1867**

A DEUX HEURES.

Par le ministère de Me **CHARLES PILLET**, Commissaire-Priseur,
**11**, rue de Choiseul,

Assisté de **M. FEBVRE**, Expert, **12**, rue Laffitte.

*Chez lesquels se trouve le présent Catalogue*

EXPOSITION PUBLIQUE

*Le Mercredi 27 Février 1867, de une heure à cinq heures.*

## CONDITIONS DE LA VENTE.

Elle sera faite au comptant.

Les adjudicataires payeront *cinq pour cent* en sus des enchères applicables aux frais.

---

Paris. — Imp. de Pillet fils aîné, rue des Grands-Augustins, 5.

# TABLEAUX ANCIENS

## BERKEYDEN

1 — Paysage traversé par une route et bordé par un cours d'eau, dans lequel un cavalier fait désaltérer sa monture.

## BILLECOQ

2 — Jeune femme vue en buste.

## BOUCHER (François)

3 — Le Génie du dessin symbolisé par deux enfants.

## CHARDIN, d'après.

4 — Nature morte. (Aquarelle.)

## DETROY (François)

5 — Cinq jeunes filles de distinction réunies dans un appartement; trois d'entre elles jouent au pied de bœuf.

## DIÉTRICH (Chrétien)

6 — Portrait d'un jeune homme coiffé d'un turban.

## DROLLING, le père.

7 — Jeune enfant accoudé sur l'appui d'une fenêtre.

## FRANCK (François), le jeune.

8 — Thomas Morus, grand chancelier d'Angleterre, marchant au supplice.

Composition capitale du maître, animée d'un grand nombre de figures.

## FRANCK, le vieux.

9 — Saint Jean prêchant dans le désert.

## FRAGONARD (Honoré)

10 — L'Adoration des Mages. (Esquisse.)

## GARNERAY (Louis)

11 — Portrait de Sir John Byerley, homme d'état anglais.

## GOYEN (Van), signé des initiales, 1650.

12 — Un bras de la Meuse, sur lequel un coche et d'autres bateaux.

## KONING (Salomon de)

13 — Mendiante et son enfant assis près d'une ruine.

## LANCRET (Nicolas)

14 — Danse champêtre.

Ravissante composition de dix-huit figures représentant des personnages tous en habits de fête, les uns assis et causant, les autres regardant deux danseurs; à droite un joueur de vielle et deux couples amoureux. Œuvre capitale du maître et du plus gracieux effet.

## LATOUR, attribué à.

15 — Femme artiste assise et occupée à peindre.

## LEFÈVRE (Robert), attribué à.

16 — Dame de l'époque de l'Empire assise dans un parc.

## LENFANT, de Metz.

16 *bis* — Le Retour au village.

## LINGELBACH

17 — Vue du port de Gênes et du phare.

## MARTINS (John)

18 — Bouquet d'arbres. (Étude.)

## MELLER (la comtesse de), signé.

19 — Fleurs dans un vase de cristal posé sur une table de marbre. (Gouache.)

## MIÉRIS (Guillaume)

20 — Portrait d'un artiste.

## MIGNARD (Pierre)

21 — Portrait d'un magistrat de l'époque de Louis XIV.

## MONOYER (Baptiste)

22 — Fleurs dans un vase de cristal et fruits sur une table de pierre.

## MURILLO (Esteban)

23 — L'ange annonçant aux Bergers la venue du Messie. (Esquisse.)

## OUDRY (Jean-Baptiste), signé.

24 — Nature morte.

## OUDRY (Jean-Baptiste)

25 — La Chasse au chevreuil.

## OUDRY (Jean-Baptiste)

26 — La Chasse au renard.

## PATEL (Pierre)

27 — Paysage. Site italien.

## RICHARDSON

28 — L'Enfant au pigeon.

## RUYSDAEL (Salomon)

29 — Canal bordant une ville hollandaise ; sur plusieurs points sont des embarcations transportant des passagers, plus d'autres voiles à l'horizon; à gauche, sur le bord du canal, de grands arbres environnant des maisons dominées par le clocher d'une église.

## SOLARI (Andréa)

30 — La Vierge offre le sein à son divin Enfant, assis sur un coussin posé sur l'appui d'une fenêtre.

## STAVEREN (Van)

31 — Savant dans son cabinet.

## SAINT-AUBIN

32 — Portrait d'une jeune femme. (Pastel.)

## STENWICK (Henry)

33 — Intérieur d'église.

## TÉNIERS (David), signé.

34 — L'Hiver.

Faisait partie de quatre compositions peintes par cet artiste et représentant les quatre Saisons.

## VELDE (Guillaume Van de)

35 — Marine.

Sur le devant, des matelots chargent quelques embarcations en partance ; dans le fond est ancré un vaisseau de haut bord.

## VERSCHUR, signé et daté.

36 — Combat naval sur les côtes de la Sicile.

## VESTIER

37 — Portrait de femme.

## VESTIER

38 — Portrait d'homme.

## VOS (CORNEILLE DE)

39 — Portrait d'un gentilhomme hollandais.

## WATTEAU (ANTOINE), école de.

40 — L'Embarquement pour Cythère.

Répétition du tableau du Musée du Louvre, avec quelques changements de costumes, et dans l'effet, qui est un soleil levant au lieu d'un plein midi.

## ZEEMAN

41 — Marine. Gros temps.

Des pêcheurs se hâtent de tirer leur barque et de l'abriter derrière des falaises.

## ÉCOLE FRANÇAISE

42 — Portrait de Mlle X..., élève de la Maison impériale de Saint-Denis.

## ÉCOLE PRIMITIVE ITALIENNE

43 — Portrait d'un religieux de l'ordre de saint François. (Peinture sur fond d'or.)

## ÉCOLE VÉNITIENNE

43 *bis* — Allégorie de la Charité.

## INCONNU

44 — Paysage italien. Effet d'hiver.

## INCONNU

45 — Satyre et nymphe dans un paysage.

## INCONNU

46 — Saint Marc composant son Évangile.

## S. N.

47 — Plusieurs toiles non cataloguées.

# TABLEAUX MODERNES

## COROT (Camille)

48 — Vue de la campagne de Rome. Au fond le château Saint-Ange.

## COROT (Camille)

49 — Paysage. Soleil couchant.

## DAGNAN

50 — Entrée d'un bois.

## DECAMPS (attribué à). Signé D. C.

51 — Marine avec pêcheurs abritant leur barque au pied d'une falaise.

## DIAZ, école de.

52 — Groupe de fleurs. (Étude.)

## DUPRÉ (Victor)

53 — Paysage.

## FOUQUET (Louis-Vincent)

54 — La Pauvre famille.

Ce tableau valut la médaille d'or à son auteur, à l'Exposition de 1833.

## FOUQUET (Louis-Vincent)

55 — Un Pifferraro.

## HERVIER

56 — Paysage. Soleil couchant.

## HERRING (J. F.), 1836, école anglaise.

57 — Cheval bai harnaché.

## HERRING (J. F.)

58 — Cheval gris pommelé dans une écurie.

## ISABEY (Eugène)

59 — Marine. Gros temps. Navire sortant du port.

## GUILLEMIN

60 — La Leçon de lecture. Intérieur breton.

## LEMUD (Henry de)

61 — L'Odalisque.

## ROQUEPLAN (Camille)

62 — Bohémiens en voyage. (Esquisse.)

## ROQUEPLAN (Camille)

63 — La plage de Dunkerque. (Aquarelle.)

## ÉCOLE ANGLAISE MODERNE

64 — Le Départ pour le marché. (Esquisse.)

## INCONNU

65 — Vue d'un fort défendant l'entrée d'un chenal. (Aquarelle.)

# OBJETS D'ART & DE CURIOSITÉ

## Armes

66 — Un casque à trois visières avec masque d'homme.

67 — Un devant de cuirasse gravé.

68 — Une épée italienne avec garde en fer ciselé.

69 — Une autre avec coquille repercée à jour.

70 — Une autre allemande.

71 — Une claymore écossaise. Sur la lame sont gravés en or les mots : *Vive le roi!*

72 — Une dague italienne en fer ciselé.

73 — Un poignard oriental de forme courbe, lame de damas, manche en ivoire, fourreau en cuir chagriné.

74 — Un poignard circassien, manche en corne incrusté de coraux et de cabochons, fourreau en cuir.

75 — Un criz malais, lame flamboyante en damas noir, manche et fourreau en bois de citronnier.

76 — Un yatagan, lame de damas, poignée en corne et ivoire.

77 — Un sabre oriental, lame de damas, poignée en corne.

78 — Un autre, lame de damas, poignée en corne blonde.

79 — Un autre avec poignée en corne noire.

80 — Un sabre japonais.

81 — Un étendard des compagnies rouges des mousquetaires de Louis XIV. L'étoffe en drap d'or porte au centre la croix fleurdelisée des mousquetaires brodée en argent sur fond vermeil ; elle est entourée de huit fleurs de lis d'or. Le fer de la lance porte gravé sur un de ses côtés le soleil de Louis XIV et de l'autre l'écu de France.

82 — Une épée ayant appartenu au corps des mousquetaires; sur la lame sont incrustés en or les mots : *Vive le roy !*

83 — Un pistolet de fabrique espagnole du temps de Louis XIV, avec batterie à miquelet.

84 — Un amorçoir en cuivre gravé.

85 — Un fauchard et une pique de lansquenet.

86 — Une épée époque Louis XIII, poignée en fer incrustée d'argent.

87 — Deux pistolets garnis en argent ciselé.

88 — Un couteau de chasse époque Louis XV, poignée en ébène, garnitures en fer très-finement ciselé.

89 — Une poire à poudre ancienne.

## Objets divers

90 — Une boîte en burgau doublé en vermeil, décorée sur toutes ses faces de sujets tirés de la Comédie italienne, sculptés en relief.

91 — Une autre en émail de Saxe, décorée en dedans et en dehors de sujets genre Watteau. Camaïeu rose.

92 — Une autre en vermeil de forme contournée, ciselée d'arabesques et de personnages.

93 — Une boîte en ivoire avec médaillon dans le goût de Van Blarenberg, représentant une fête villageoise.

94 — Une autre de forme carrée émaillée sur quadrille d'argent d'émail vert translucide.

95 — Un brazero en faïence émaillée du temps de Louis XIV.

96 — Uue aiguière en faïence de Rouen.

97 — Un vase à six pans en faïence de Perse.

98 — Deux médaillons en tapisserie des Gobelins, d'après Leprince, représentant deux personnages vêtus de costumes persans.

99 — Cinq pentes en tapisserie au petit point; ornements bleus sur fond jaune.

100 — Ancienne tapisserie de l'époque de Henry II.

101 — Deux vases en porcelaine de la Chine.

102 — Un grand plat en porcelaine du Japon, avec fleurs.

103 — Un autre plus petit, riche décor.

104 — Six assiettes, riche décor.

105 — Deux pots en porcelaine de Sèvres, pâte tendre, fond bleu grand feu, décor d'émaux de couleur.

106 — Un vase de forme ronde en porcelaine de la Chine, décor bleu.

107 — Un autre de forme cylindrique, même décor.

108 — Un autre de forme ovoïde, même décor.

109 — Grand et beau cartel Louis XV, en bronze doré.

110 — Un beau cartel époque Louis XVI, en bronze doré.

111 — Pendule dite Religieuse, en ébène et écaille, à pans coupés, enrichie d'ornements et de figures d'enfants en ronde-bosse, en bronze doré.

112 — Une pendule Louis XIV en bronze doré, très-finement ciselé, sujet de l'Amour et l'Amitié.

113 — Deux petites girandoles en bronze doré, genre boule.

114 — Deux girandoles Louis XVI en bronze argenté.

115 — Un bougeoir doré avec son plateau en émail cloisonné.

116 — Un bougeoir en bronze doré et ciselé. Époque Louis XIV.

117 — Une table de trictrac Louis XVI, acajou à filets de cuivre, marquetée intérieurement d'ébène et d'ivoire, garnie de toutes ses dames en ivoire.

118 — Une table à quatre pans en bois doré, style Louis XVI, avec dessus de marbre blanc.

119 — Un petit cabinet en laque du Japon, fond aventuriné avec rehauts d'or.

120 — Grand meuble dit cabinet italien, en écaille, orné de bronzes dorés, pieds en bois à colonnes torses.

121 — Bureau Louis XV à dos d'âne, en bois de rose marqueté de bois de couleur.

122 — Une petite table en bois de rose.

123 — Une armoire-vitrine en bois de rose, ornements en bronze doré.

124 — Six beaux fauteuils Louis XIV en bois sculpté et doré, recouverts en velours de parterre.

125 — Quatre chaises Louis XV en bois doré, recouvertes en soie.

126 — Un cheval de bronze du XVIe siècle Très-belle patine.

127 — Un porte-allumettes en cuivre repoussé, avec sujets, genre Ténier.

128 — Une ancienne serrure et sa clef en fer forgé.

129 — Sous ce numéro les objets omis.

www.ingramcontent.com/pod-product-compliance
Ingram Content Group UK Ltd.
Pitfield, Milton Keynes, MK11 3LW, UK
UKHW032028260826
14628UKWH00006B/2798

9 782329 444710